Chapitre 1

Plus loin que le désert, plus loin que le fleuve et la grande forêt, et même jusqu'à l'Océan, s'étend la renommée de Badi Nangué. Ce jeune sorcier habite un tout petit village qui s'appelle Balawa et qui semble perdu, loin, là-bas, au bord du grand désert du Sahara.

Avec sa haute taille et son corps sec comme un tronc d'acacia, Badi Nangué sait donner de la force à ses mots.
Regardez-le quand il parle : il roule les yeux sous la chéchia, et agite les longs doigts de ses immenses mains au bout de ses grands bras.
Les pans de sa tunique flottent dans l'air poussiéreux.
Rien que de voir Badi Nangué, les mauvais esprits s'enfuient, terrorisés, des maisons de terre séchée.

LA FLEUR DE PLUIE

de Romain Drac
illustré par Zad

OCÉAN ATLANTIQUE
SÉNÉGAL
DAKAR
BALAWA
BAMAKO
AFRIQUE

Ah, vraiment, il a beaucoup de pouvoirs, ce sorcier ! Il connaît la médecine africaine, il sait choisir le moment de planter, de semer, et peut prévoir les jours où la pluie doit tomber. Il suffit de le croire, et il peut aussi se transformer en ce que vous voulez !

Mais la grande spécialité de Badi Nangué, c'est le thé ! Un thé qui vous fait tout prendre du bon côté : le thé de fleur de pluie.

Grâce à Badi, à son métier, il n'y a pas de problème sans solution :

Tu veux soigner ton bouton de nez ?

Tu as perdu ton gri-gri ?

Tu cherches un mari ?

Va voir Badi Nangué, là-bas, à Balawa !

Pourtant, ce jour-là, si les villageois se pressent devant sa maison, ce n'est pas pour prendre le thé, mais pour faire appel au sorcier :
– Ô sorcier ! la pluie n'est pas tombée, les mares sont asséchées, plus rien ne pousse dans les potagers ! Ô sorcier ! que faut-il faire ?
Badi lève le bras pour obtenir le calme. Il s'accroupit et dessine un carré magique sur le sol. Sa longue main promène un bâton dans cette sorte de labyrinthe. Le sorcier écoute attentivement puis s'adresse à quelqu'un d'invisible :
– Mais nous aussi, on était là avant toi, et toi avant nous, et nous avant toi, si bien qu'aujourd'hui nul ne sait qui était là en premier !

Avez-vous compris à qui parle le sorcier ?
Au désert !

Chapitre 2

Un tourbillon brûlant traverse le village, efface les dessins du carré magique et retourne en ricanant vers l'horizon de dunes.

Malgré la chaleur, l'assistance frissonne à ce message du désert. Badi a besoin de toute sa science magique contre ce formidable adversaire. Sur son conseil, on danse pendant trois jours et trois nuits la danse de la pluie.

Hélas ! la magie n'a pas agi : l'harmattan, ce vent brûlant, a tôt fait de sécher la rosée des matins suivants.

Et la bonne terre, arrachée aux jardins, aux vergers, continue de s'envoler en ne laissant que des champs de pierraille.

Le village danse six jours encore la danse de la pluie et sacrifie un buffle à la tombée de la sixième nuit.

Cette fois, Badi Nangué en est sûr : il pleuvra ! Le fennec dans la lune est devenu roux et des oiseaux ont crié dans la nuit : « Pluie ! Pluie ! »

Une semaine se passe, deux semaines, sans qu'il pleuve. Le désert s'est avancé jusqu'à l'entrée du village. Une dune énorme surplombe les maisons. Le puits le plus profond est presque à sec. Bientôt, il n'y aura plus de pâturage pour les bêtes, plus de champ à cultiver, et les habitants de Balawa devront s'en aller. Ils n'en veulent pas à leur sorcier, non. Seulement, ils se moquent un peu de lui :

Tu veux que ta femme ne t'aime plus ?

Tu veux tomber du dromadaire ?

Tu veux attraper des verrues ?

Va voir Badi Nangué !

Le village entier éclate de rire malgré la désolation alentour.

Chapitre 3

Il reste longtemps seul, Badi Nangué, les bras ballants, sans bouger, à se demander ce qu'il peut faire. La nuit venue, il interroge longuement le fennec dans la lune. Il écoute la réponse au petit matin, dans le chant des dunes.

– Badi Nangué doit faire un long voyage, dit le sommet de la dune, qui vient de s'ébouler.

– Badi Nangué doit traverser l'Océan, dit dans un craquement un tronc de cyprès millénaire.

– Badi Nangué doit rencontrer…, commence l'antilope qui s'enfuit.

– … l’oncle sorcier à la main verte, complète la gerboise en bondissant.

Badi Nangué réfléchit. Il a un oncle, bien sûr, mais il n’est pas sorcier, il est parti travailler en France, il y a longtemps.

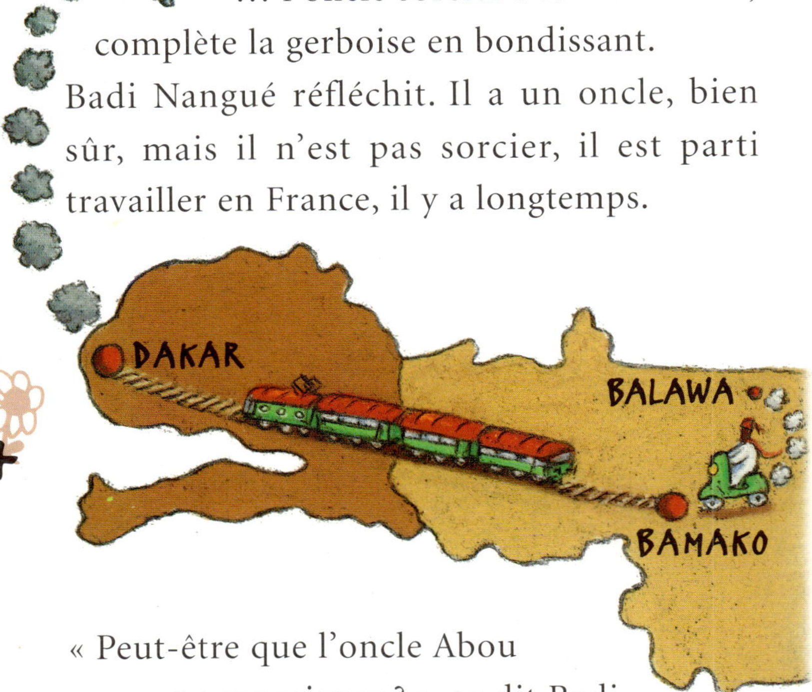

« Peut-être que l’oncle Abou saura me renseigner ? », se dit Badi.

Badi Nangué fait sa valise et part sur son scooter. Il prend le train à Bamako puis l’avion à Dakar.

Arrivé à Paris, on lui dit :

– Voilà longtemps que votre oncle n’habite plus à cette adresse !

La vie en France coûte cher, et les économies de Badi n'ont pas duré longtemps. Avec ses derniers sous, il se fait faire des cartes de visite qu'il distribue, le matin, à la station de métro voisine.

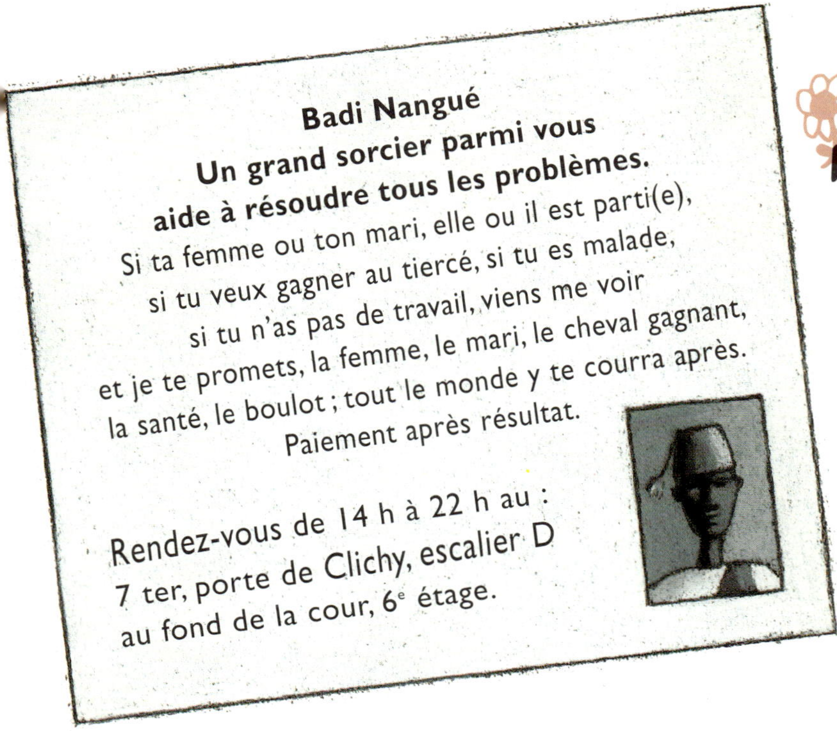

L'après-midi, dans sa chambre sous les toits, il offre du thé à la fleur de pluie à ces gens qui ont de gros ennuis ou de petits problèmes. Comment fait-il ? Que dit-il ? Lui seul le sait exactement, mais ceux qui viennent voir Badi repartent avec un large sourire.

Chapitre 4

Les clients du sorcier patientent dans l'escalier en discutant :

– Ah, dis donc ! Mon cousin est venu voir Badi Nangué, qu'est-ce qu'il a rigolé ! Quand il est rentré chez lui, sa femme lui a dit : « Je ne t'aime plus, je vais te quitter ! » Alors, il s'est mis à rigoler, à rigoler. Du coup, elle aussi s'est mise à rire, et elle est restée !

– Et moi, dit un autre, voilà des années que je joue aux courses de chevaux et que je n'arrive pas à gagner. Alors, moi aussi, je suis venu voir Badi. Au champ de courses, je me suis mis à rigoler comme un cheval :

« Hi hi hi, flbbl, hiiii ! » Aussitôt, les trois chevaux sur lesquels j'avais parié ont henni vers moi : « Hi hi hi, flbbl, hiiii ! », puis ils ont accéléré comme des fusées, et voilà comment j'ai gagné le tiercé ! Mais je dois revoir le sorcier !

– Ah ? Pourquoi ?

– Les chevaux sont venus habiter chez moi, ils ne veulent plus me quitter !

– Ha! ha! ha !

Tout le monde veut des conseils pour jouer à la loterie, au tiercé, au Bingo, au Quarté plus, au Loto, au Banco, à la roulette, au Morpion, aux billes, aux boules, à la Bourse, au Calcio, au Tac-o-tac !

Il y a trop de gagnants, pas assez de perdants !

Une vraie catastrophe pour les casinos, les loteries et l'économie !

Le commissaire aux Jeux, mis au courant, est très en colère :
– C'est à cause de ce sorcier ? Qu'il reparte chez lui, en Afrique !
Et dans l'heure qui suit, un policier est envoyé chez Badi Nangué.
Mais, hop ! Badi, par magie, se transforme en chameau et dit :
– Laissez-moi passer, je vais au zoo de Vincennes !
Le policier dit d'abord :
– Ah bon ! excusez..., puis il se reprend et, sans même compter les bosses, il s'écrie : un dromadaire qui parle, scrogneugneu ! C'est pas normal, c'est le sorcier, le marabout !

C’est le défaut de cette magie : elle n’agit plus dès qu’on n’y croit plus.
Badi, redevenu Badi, est arrêté.

Chapitre 5

Dans l'avion qui doit le ramener en Afrique, Badi se fait lourd, lourd. Magie ? pas magie ? en tout cas, l'avion ne peut pas décoller, et arrive en bout de piste tout essoufflé. Le commissaire s'écrie :

– Encore un de vos tours, maudit sorcier ! Mais que voulez-vous à la fin pour vous en aller ?

À ce moment-là, un passager, qui ressemble à Badi comme un oncle à son neveu, s'exclame :

– Mais, c'est Badi Nangué !

– Oncle Abou !

Le commissaire aux Jeux n'ose pas s'interposer, il vient de reconnaître l'illustre professeur Abou Nangué-Boro. Après que Badi lui a expliqué la menace qui pèse sur Balawa, l'oncle Abou lui dit :
– Suis-moi ! Je connais la solution !
Et les voilà partis jusqu'aux jardins de l'Institut national de recherche agronomique.

– Tu vois, Badi, j'étais d'abord jardinier ici, puis je suis devenu agronome. J'ai étudié les plantes qui pourraient aider l'Afrique. Voici celles qui devraient sauver le village !
– Alors, vous avez trouvé ce qu'il vous faut ? demande le commissaire aux Jeux, qui n'a pas lâché Badi d'une semelle.

– Oui, mais il faut transporter les plantes, ça coûte cher, répond Badi Nangué, je dois faire encore un peu le marabout.

– Surtout pas, s'exclame le commissaire, j'ai une meilleure idée !

Et bientôt, sur l'immense esplanade du château de Versailles, on assiste au départ du premier rallye de la Main verte : le Paris-Balawa.

La règle est stricte : le vainqueur sera celui qui arrivera le premier sans une seule plante desséchée !
Les concurrents roulent, roulent, roulent dans les camions-citernes et les camions bâchés. Les voilà enfin au Mali, où ils mettent le cap droit sur Balawa.

Non loin de l'arrivée, le camion de Badi et Abou rencontre les habitants du village qui s'en vont pour toujours.
– Ne partez pas, les amis ! crie Badi.

Chapitre 6

Des gros camions qui surgissent les uns après les autres impressionnent les villageois plus sûrement qu'un tour de magie.

Ils reprennent confiance et, avec l'aide des concurrents, les voilà qui jardinent l'énorme dune.

L'oncle Abou donne ses indications :

– Plantez ici ces eucalyptus, ils arrêteront le sable. Non, non ! Laissez-les dans leur sac en plastique, ainsi, il ne faut pas beaucoup d'eau pour les arroser ! Là, il faut mettre ces arbres que j'ai inventés ; celui-ci, le

fiscus-essorier, accroche les nuages avec ses branches et les presse jusqu'à la dernière goutte !

– … Mettez dans ce creux cet épongier. Oui, très bien, ce pompaloyer, ses racines iront chercher l'eau plus profondément que le puits ! Plus ces arbres grandiront, et plus la pluie prendra plaisir à venir les arroser !

– Ah, vraiment ! s'exclame Badi, il n'y a pas de doute, le sorcier à la main verte, c'est bien toi, oncle Abou !

Ce travail à peine fini, on entend un grand cri :

– Badi Nangué, un beau bébé nouveau est arrivé !

– Catastrophe, s'écrie le sorcier, je n'ai plus de fleur de pluie !

C'est alors qu'un tout petit nuage solitaire pointe son nez. Il s'arrête au-dessus du sorcier et fait son petit pipi, un tout petit pluie-pluie de rien du tout : une seule goutte ! comme pour se moquer.

Mais Badi découvre, là où l'unique goutte est tombée, une minuscule fleur de pluie qui brille dans le soleil. Il la cueille avec précaution. Pendant qu'il prépare le thé,

d'autres nuages arrivent et une vraie pluie tombe, abondante, comme pour donner raison à l'oncle Abou. Les arbres, bien arrosés, vont vite s'enraciner. Le sable n'ira pas plus loin.

Si, un jour, vous vous promenez par là, au sud du Sahara, vous pourrez découvrir ce village. Avec ses eucalyptus, ses maisons rouges et ses jardins déployés en corolle autour du puits, on dirait une gigantesque fleur de pluie épanouie en bordure du désert. Mais, approchez, avancez-vous sur la place !

Vous entendez ? des rires, des cris de joie ! Quelle chance vous avez ! Un enfant vient de naître ! Regardez ! Badi Nangué lui fait boire du thé de fleur de pluie. Écoutez ! Il prononce la formule secrète : « Guili-guili-guili ! », en lui chatouillant la plante des pieds. Et le bébé se met à rigoler, à rigoler :

– Hi hi hi ! Ha ha ha ! Hé hé hé !

Le voilà gai pour la vie : grâce à une drôle de magie, à ce drôle de sorcier et à la fleur de pluie !

Loi 49.956 du 16.07.1949
Dépôt légal n° 3128 : 3e trimestre 2002
ISBN : 2-84113-851-8
Imprimé en France par Fournié